I0546424

8 Yth 10953

Toulon
1858

Goethe, Johann Wolfgang von

Marguerite, ou le frère et la soeur

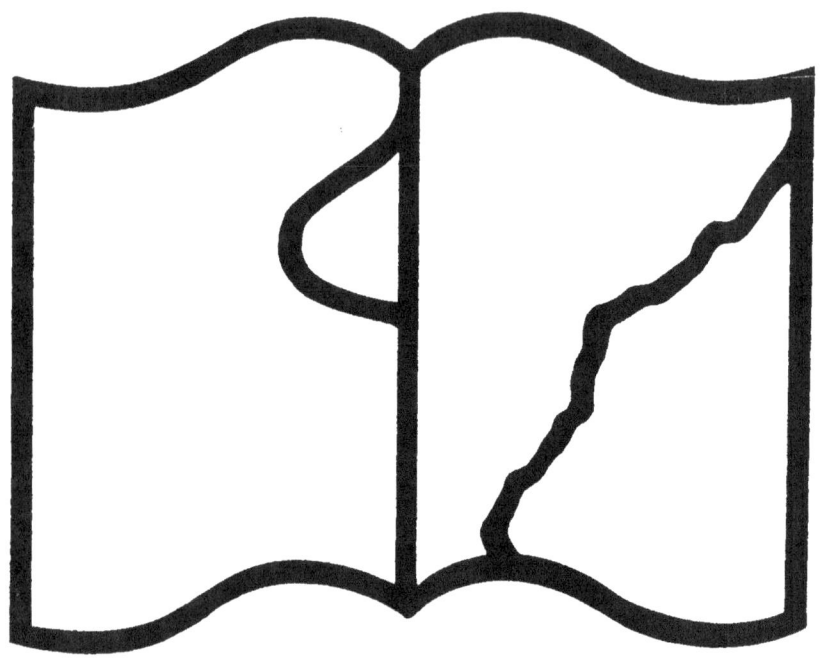

Symbole applicable
pour tout, ou partie
des documents microfilmés

Texte détérioré — reliure défectueuse

NF Z 43-120-11

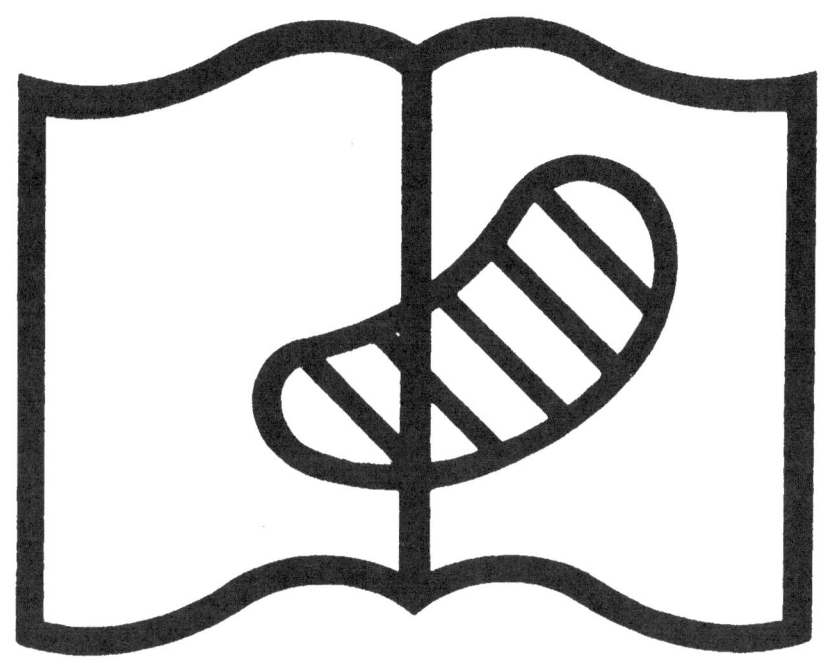

Symbole applicable
pour tout, ou partie
des documents microfilmés

Original illisible

NF Z 43-120-10

MARGUERITE

OU LE

FRÈRE ET LA SŒUR

COMÉDIE EN UN ACTE, EN VERS,

Imitée de Gœthe,

Par Charles PONCY.

———

TOULON,

IMPRIMERIE ET LITHOGRAPHIE D'E. AUREL,

RUE DE L'ARSENAL, 13.

1858.

Y
Yth
10953

A GEORGE SAND.

Admiration & gratitude.

Charles **PONCY**.

PERSONNAGES.

GUILLAUME, petit négociant — 30 ans.

FABRICE, son ami — 30 ans.

MARGUERITE, sœur de Guillaume — 20 ans.

UN FACTEUR.

UN COMMIS.

UN ENFANT, personnage muet.

La scène est de tous les temps et de tous les lieux.

Le théâtre représente un très modeste bureau de négociant. Des papiers et des registres sont épars sur la table. Quelques vieux fauteuils et une petite bibliothèque meublent seuls cette pièce. — Porte au fond donnant à l'extérieur; porte à gauche donnant sur une cuisine, laquelle donne elle-même sur un petit jardin dans la même direction.

MARGUERITE

OU

LE FRÈRE ET LA SŒUR,

COMÉDIE EN UN ACTE, EN VERS,

Imitée de Gœthe.

———

Scène Première.

———

GUILLAUME, *à son bureau, des papiers et des livres de comptes devant lui; puis* UN FACTEUR.

GUILLAUME, *seul.*

Encore deux nouveaux clients, cette semaine !
Oh ! combien le travail est doux , quand il amène
Dans la maison, l'aisance et la sécurité ;
Dans les bras , dans le cœur, la force et la gaité !
La paresse jamais ne profite à personne,
Et c'est en tout qu'il faut semer pour qu'on moissonne.
Mon commerce modeste enfin m'a réussi.
Les gains n'y sont pas grands, sans doute; mais aussi
S'il survient quelque perte, on la comble plus vite.

UN FACTEUR, *entrant.*

Un pli, Monsieur.

GUILLAUME.

C'est bien.

(Le facteur sort. Guillaume , lisant la lettre,)

De Fabrice. Il s'invite
A dîner. Bon ! je peux le solder aujourd'hui
Et je n'abuserai pas plus longtemps de lui.
Je savais qu'il viendrait, d'ailleurs, et sa présence
Qui me gênait, m'est chère en cette circonstance.

Sans doute, il ne m'eût point tourmenté.... mais pourtant,
Ne pouvant m'acquitter, je n'étais pas content.

(Pendant qu'il ouvre une cassette et compte de l'argen.)

Avant que ma fortune eût subi ce naufrage
D'où je n'ai rien sauvé, — si ce n'est mon courage, —
Un créancier paisible était moins redouté
Que dix qui me traquaient avec férocité.
Contre l'homme acharné qui de ses droits abuse,
J'ai pour moi, dans le jour, l'impudence et la ruse,
Puis, le soleil couché, je sors fier et moqueur.
Mais l'homme qui se tait, hélas! va droit au cœur
Et son désir, qu'exprime une réserve extrême,
Est d'autant plus pressant qu'il m'en charge moi-même.

(Il compte de l'argent sur la table.)

Que de remercîments je dois à ta bonté,
O Dieu qui m'as rendu ma chère obscurité!
Ta bénédiction dans les petites choses,
A moi! qui, tout épris de projets grandioses,
Méprisai tes bienfaits et vis, en un seul jour,
Mon orgueil et mon or engloutis sans retour!

(Soulevant un registre.)

D'ailleurs, Dieu n'aide pas qui ne s'aide soi-même.
Et pourtant, sans l'aimable et chère enfant que j'aime,
Serais-je là, chiffrant depuis que l'aube a lui?
Marguerite! ton cœur ignore que celui
Que tu crois ne pouvoir jamais chérir qu'en frère,
Nourrit pour l'avenir un espoir tout contraire.
Souvent je dis, en proie à ce doute cruel :
« M'aime-t-elle autrement que d'un cœur fraternel? »
Et ce doute, du haut des cieux me précipite!.....

(Haut, avec passion.)

Non, j'aurai ton amour et ta main, Marguerite !

Scène II.

GUILLAUME , MARGUERITE.

MARGUERITE, *entrant par la gauche.*

Vous m'appelez? j'accours, mon frère.

GUILLAUME, *redevenant calme et réservé.*

Ah ça ! je crois
Que tu rêves.

MARGUERITE.

Du tout, je connais votre voix
Et j'ai parfaitement entendu.

GUILLAUME.

Non, ma belle.
Tu viens à chaque instant dire que je t'appelle.

MARGUERITE.

Charmant, Monsieur !.... C'est donc pour me jouer ainsi
Que l'on me fait venir de la cuisine ici?....

GUILLAUME.

Ah ! ne me gâte pas ce beau jour, je t'en prie.
Quoi, tu boudes?

MARGUERITE, *fâchée.*

Moi ? non.

GUILLAUME.

Dis—moi, ma sœur chérie,
Pour le repas du soir, que vas-tu nous donner? ..

MARGUERITE, *riant.*

Tiens? vous vous occupez du menu du dîner?
C'est la première fois, bien sûr, de votre vie.

GUILLAUME.

Je veux que notre table, enfin, soit bien servie :
Il vient de m'arriver un convive.

MARGUERITE.

Vraiment ?
Et c'est?...

GUILLAUME.

Devine ?

MARGUERITE.

Lui ?

GUILLAUME.

C'est lui, précisément.

MARGUERITE.

Tant mieux ! il m'apprendra la chanson qu'il m'a faite
Et que je veux savoir pour le jour de ma fête.

GUILLAUME.

Eh ! comme te voilà bien vite en belle humeur !
Tu l'aimes donc beaucoup cet éternel rimeur ?

MARGUERITE.

Sans doute, il est si bon, Fabrice !... et comme il cause !
Il vous apprend toujours quelque nouvelle chose.
L'autre jour, au jardin, il visita mes fleurs ;
Il admira long-temps leur grâce et leurs couleurs ;
Il m'expliqua leurs goûts, leurs amours fortunées,
Et, ce qui m'étonna, leurs secrets hyménées.
Je vous l'ai raconté, je crois, le lendemain ?

GUILLAUME.

Il a toujours des fleurs ou des vers à la main,
Et c'est pour toi, toujours....

MARGUERITE.

Eh bien ! allez-en être
Jaloux, à présent.

GUILLAUME.

Non ; mais je voudrais connaître
D'où vient que ses chansons te tiennent tant à cœur.
C'est pour faire applaudir ta belle voix ?...

MARGUERITE.

Moqueur !....
Oui, j'apprends à chanter, mais c'est pour vous distraire.
Quand votre front se penche et s'assombrit, mon frère,
Vite, je le relève avec un gai couplet,
Et vos ennuis s'en vont quand la chanson vous plaît.

GUILLAUME.

Tu le devines donc ?

MARGUERITE.

Oui, Guillaume. Une femme
Lit toujours mieux que vous dans le fond de votre âme.
Je parie avec vous que, si ce n'était moi,
Souvent vous souffririez sans vous douter pourquoi.
Mais je babille trop ; adieu, le diner presse,
Et j'y veux faire honneur. — Voyons, une caresse ?

GUILLAUME.

Non, tout à l'heure, à table... avec tout ton loisir.

MARGUERITE.

Comme les frères sont grossiers.... C'est un plaisir !
Ah ! si je permettais à tout autre jeune homme
De me prendre un baiser... même à Fabrice !... comme
Ce bonheur les ferait sauter jusqu'au plafond !
Et voilà le grand cas que les frères en font !
Eh bien, je vais brûler le dîner.

GUILLAUME, *courant après elle.*

Marguerite !

Scène III.

GUILLAUME, *seul.*

Oh ! contenir mon cœur que le désir excite !.. .
Vivre avec ce secret qui me fait tant souffrir
Et que je n'ose pas, pourtant, lui découvrir ;
Et, pour ne pas trahir mes transports et ma fièvre,
Fuir l'enivrant baiser que vient m'offrir sa lèvre....
Si tu nous vois, du ciel où tu pris ton essor,
Sainte femme qui m'as confié ce trésor,
Regarde dans mon sein, réjouis-toi d'y lire
L'amour et le respect que ton enfant m'inspire.
Tu me léguas cet ange en partant pour les cieux
Et tu me rattachas à des jours odieux ;
Car pour qui travailler ? pour qui vivre, toi morte ?
Toujours au deuil passé le présent me reporte !..

Toi qui fus ma première et seule passion,
Charlotte, prends pitié de mon illusion.
C'est toi que je crois voir en ta fille, et je pense
Que c'est, pour l'avenir, l'auguste récompense
Des projets d'autrefois, que j'ai tant caressés.. .
Oui, je crois que, touché des pleurs que j'ai versés,
Dieu t'a ressuscitée en elle, et rajeunie,
Et que ma vie à toi désormais est unie ,
Comme en ce rêve heureux que ta mort a brisé
Et qui ne devait point être réalisé.
O mon sein ! quel espoir t'envahit et t'inonde !
Tout cela vient de toi, Dieu des cœurs et du monde !

Scène IV.

GUILLAUME , FABRICE.

GUILLAUME.

Cher Fabrice, je suis enchanté de te voir.

FABRICE.

Et moi donc !

GUILLAUME.

Tous les biens pleuvent sur moi, ce soir.
Aussi, laissons en paix les chiffres somnifères.
A demain le travail et les soucis d'affaires.
Tiens, voici ton argent ; je suis quitte envers toi.

FABRICE.

Tu n'en as plus besoin, au moins ?

GUILLAUME.

Non, sur ma foi !

Tu peux le remporter, tranquille, en ta demeure :
Si j'en ai de nouveau besoin, à la bonne heure !
Ecoute-moi. Tu sais combien je fus épris
Autrefois de Charlotte ? Eh bien ! à mes esprits,
Son image, ce soir, est encor revenue.....

FABRICE.

Elle y revient toujours.

GUILLAUME.

Si tu l'avais connue !

Quel ange, mon ami ! quel cœur ! quelle bonté !...

FABRICE.

Elle était veuve alors ?...

GUILLAUME.

Dans toute sa beauté.

Je relisais encor, hier, sa correspondance.

(*Il court vers un coffret.*)

FABRICE, *à part.*

Je me passerais bien de cette confidence.
Parfois j'aime à l'ouir raconter ses amours,
Car c'est du fond du cœur qu'il en parle toujours.
Mais il faut que des miens, ce soir, je l'entretienne
Et dans sa belle humeur, je veux qu'il se maintienne.
Ecoutons donc... L'histoire est d'ailleurs de saison.

GUILLAUME, *revenant avec une lettre.*

C'était aux premiers jours de notre liaison.

(Lisant.)

« Ah ! bien que ma douleur, je le sens, soit mortelle,
« Le monde me devient cher encor, » m'écrit-elle.
« Je m'en étais si fort détachée !.... et pourtant,
« C'est à cause de vous que je l'aime encor tant.
« Chaque jour je m'en fais un plus grave reproche,
« Car chaque jour mon mal du cercueil me rapproche.
« Oui, j'étais résignée... et je ne voulais plus
« Autour de moi, ni pleurs, ni regrets superflus.
« J'étais prête à mourir avant de vous connaître ;
« Et voilà maintenant que je ne puis plus l'être. »

FABRICE.

Un noble cœur !

GUILLAUME.

Oh oui ! La terre n'était pas
Digne d'elle... et le ciel la reprit dans mes bras.
Oh ! comme sa beauté régénérait ma vie
Et combien je l'aurais adorée et servie !
Mais j'étais pauvre alors, et tout mon dévoûment
N'eût à son sort offert aucun soulagement.
Je lui parlai, pourtant, d'amour et d'hyménée
Et j'osai, dans ce but, tenter la destinée,
Pour la première fois je compris le bonheur
De ceux qu'ont enrichis le travail et l'honneur.
Ma transformation fut soudaine et complète.

(Après une pause.)

Mais l'homme qui se crée une fortune honnête,
Doit subir bien des jours pénibles, bien des nuits
Pleines d'âpres soucis, d'insomnie et d'ennuis.
Je vécus tout un an, esclave de l'ouvrage,
Sans que le ciel daignât sourire à mon courage.
L'étoile du succès à la fin m'apparut.....
Et c'est à ce moment que Charlotte mourut.
O Fabrice ! sa mort fut comme un coup de foudre
Sur mon front. Je ne sus plus à quoi me résoudre.
Les lieux qu'elle habita, je les pris en horreur
Et n'en pus détacher ni mes pieds ni mon cœur.

(Il tire une autre lettre du coffret.)

La veille de sa mort, sa main déjà glacée,

M'écrivit cette lettre... elle est presque effacée
Par mes pleurs.....

FABRICE.

Elle est belle et touchante ; souvent
Tu me l'as lue.

(A part.)

Allons, mon amour, en avant !
Hésiter plus longtemps serait une faiblesse.

GUILLAUME.

Moi, je la sais par cœur et la relis sans cesse.
Cette page où cet ange à moi se révéla,
Me fait croire toujours qu'elle est encore là.

(On entend un bruit de chaises renversées,
accompagné d'un long éclat de rire.)

C'est Marguerite avec l'enfant de la voisine,
Qui met tout sens dessus dessous à la cuisine.

(Avec dépit.)

Qu'elle ne puisse pas s'y tenir en repos !.....

(Parlant par la porte, à gauche.)

Marguerite, ce bruit vient très mal à propos ;
Nous avons à régler une importante affaire ;
Tu devrais renvoyer cet enfant à sa mère.

(Il revient en scène, avec la lettre à la main.)

FABRICE.

Guillaume, oublie un peu ce triste souvenir.
Ton cœur n'y devrait pas si souvent revenir.
Il te faudrait cacher ces papiers de manière.....

GUILLAUME, interrompant.

La voici, cette lettre, ami. C'est la dernière.
C'est le souffle d'adieu de cet ange mourant,
Et je ne puis jamais la lire qu'en pleurant.

(Remettant la lettre dans le coffret.)

Oh oui ! ne laissons pas des reliques si saintes
Perdre à l'air le parfum dont elles sont empreintes.
Et d'ailleurs, suis-je encor digne de ressentir
Les biens que Dieu, jadis, daigna me départir ?

FABRICE, ému.

Cher Guillaume, ton sort me va toujours à l'âme
Et souvent, avec toi, j'ai pleuré cette femme.

Elle te confia sa fille, m'as-tu dit;
Mais quelque temps après la mort la lui rendit.
Reportant sur son front ta tendresse fervente,
Elle eût été pour toi son image vivante;
Ton cœur, sur elle, eût pu reposer sa douleur.

GUILLAUME, *vivement.*

Sa fille? oh oui! c'était une charmante fleur.
Fabrice, mon ami, dois-je à la fin te dire
Ce que Dieu fit pour moi?

FABRICE.

Dis, si ton cœur t'inspire.

GUILLAUME, *avec effort.*

Eh bien.....

Scène V.

MARGUERITE, *entrant avec un enfant qu'elle tient par la main:*
GUILLAUME, FABRICE, *puis* UN COMMIS.

GUILLAUME, *contrarié, à Marguerite.*

.... Tu ne l'as pas encore reconduit?

MARGUERITE.

Il veut vous souhaiter, avant, la bonne nuit.
Voyons, n'allez donc pas l'intimider, mon frère.
Vous me dites toujours : « Je voudrais être père,
« Avoir beaucoup d'enfants, me mêler à leurs jeux,
« Tout comme quand j'étais jeune et gentil comme eux. »
Mais on ne peut toujours à son gré les conduire
Ni les faire crier que lorsqu'on le désire.
J'aime aussi les enfants; mais je n'en connais pas
Qui viennent, pour crier, consulter leurs papas!

GUILLAUME

Oh! si c'était les miens, je prendrais patience.

MARGUERITE.

Cela peut, j'en conviens, faire une différence.

FABRICE.

Croyez-vous?.....

MARGUERITE.

Oui, cela doit rendre trop content.
(Elle se baisse vers l'enfant et l'embrasse.)
Oh! s'il était à moi! je l'aime déjà tant!
Il épèle déjà fort bien..... il est si sage!

GUILLAUME.

Et tu crois que le tien saurait lire à cet âge?

MARGUERITE.

Sans doute. Tout le jour je voudrais babiller
Avec lui, l'habiller et le déshabiller,
Lui donner des leçons, arranger sa toilette,
L'embrasser, l'endormir.... Oh! j'en perdrais la tête!

(*Elle embrasse encore l'enfant.*)

Mais à sa mère il faut ramener celui-ci.

(*Le conduisant à Guillaume.*)

Un baiser à Monsieur,

(*Le conduisant à Fabrice.*)

A ce Monsieur, aussi.

FABRICE, *à part.*

Elle sera ma femme : à tant d'attraits je cède!

GUILLAUME, *à part.*

Elle est trop belle! il faut que mon cœur la possède!

·(*Entre un commis.*)

GUILLAUME.

Qu'est-ce?

LE COMMIS.

Un client, monsieur, vous demande au comptoir.

GUILLAUME.

Encore? je croyais avoir fini ce soir.
Allons, puisqu'il le faut....

MARGUERITE.

Courage, mon bon frère :
Nous aurons tout le soir, après, pour nous distraire.

Scène VI.

MARGUERITE, FABRICE.

FABRICE, *à part.*

C'est une occasion qu'il faut prendre aux cheveux.

(*Haut.*)

Ma chère Marguerite, écoutez-moi.. Je veux
Vous lire ma chanson : c'est pour vous qu'elle est faite.

MARGUERITE.

Voilà ce qui s'appelle être un galant poète.
Mais l'enfant qui m'attend?....

FABRICE.

Ce sera vite fait.

Vous pouvez bien l'asseoir un instant.

MARGUERITE.

En effet.

(*A l'enfant qu'elle assied.*)

Ce Monsieur va nous dire une belle romance
Et tu vas l'écouter, entends-tu ?

FABRICE, *ouvrant un calepin.*

Je commence.

(*La regardant tendrement.*)

Ce matin, je vous ai vue à votre jardin
Et vos yeux et vos fleurs m'ont inspiré soudain.
Quand votre pied mignon, serré dans sa bottine,
Par les sentiers sablés comme un follet trottine,
Je.......

MARGUERITE, *interrompant.*

C'est dans la chanson ce que vous dites là ?

FABRICE, *confus.*

Non, Marguerite.

MARGUERITE, *riant.*

Alors, taisez-vous.

FABRICE, *résigné.*

La voilà.

Ames et fleurs.

« Toutes les fleurs que tu cultives :
« Œillets sans nombre aux couleurs vives,
« Roses de pourpre, lilas blancs,
« Blonds jasmins, reines marguerites ,
« Géraniums et clématites,
« Camélias étincelants :

« Tout ce monde enchanteur sur qui ta beauté règne
« Et que notre soleil de son éclat imprègne,
« T'enveloppe des flots de son suave encens.
« Mais pour te parfumer d'amour et d'ambroisie
« Mon âme, fleur aussi, pleine de poésie,
« Vers ta candeur divine exhale ses accents.

« Ah ! quel charme exerce la femme
« Sur la fleur qu'elle aime et sur l'âme
« Du poète, humble adorateur !
« Comme son baiser les féconde,
« Comme son amour les inonde
« Toutes deux d'un feu créateur !

« De quels soins délicats et touchants, elle entoure
« Ces deux reflets du ciel ! et comme elle en savoure,
« Poèmes ou parfums, les émanations !
« Aussi la fleur splendide éclate à sa ceinture
« Et la muse, à son front, radieuse parure,
« Fait rayonner la grâce et les séductions.

MARGUERITE.

Mais vos vers sont charmants ! j'en suis toute ravie.

FABRICE.

Je ne fus jamais mieux inspiré de ma vie.
C'est que, pour moi, vos yeux ont de si doux rayons !

MARGUERITE.

Vous êtes un flatteur. Continuez, voyons !

FABRICE, *lisant, avec un soupir*.

« Chaque jour, quand l'aube va naître,
« Je t'aperçois de ma fenêtre,
« O fée heureuse du matin :
« Remplissant de fleurs tes corbeilles,
« Saluant toutes ces merveilles,
« De ton gai sourire enfantin.

« Mais dès que le soleil descend sur la pelouse,
« Tu disparais soudain dans une ombre jalouse,
« Et j'écoute longtemps le doux bruit de tes pas
« Plus doux et plus léger que le chant d'une lyre,
« Et plus harmonieux que celui d'un zéphire
« Dont le vol fait neiger des fleurs d'acacias.

« Que le bonheur te soit fidèle,
« Enfant plus pure encor que belle,
« Belle, pourtant, comme le jour.
« Sois heureuse par toutes choses,
« Par la poésie et les roses,
« Par la jeunesse !... et par l'amour !

(Marguerite bat des mains en riant.)

FABRICE, *à part.*

Elle n'a pas compris !.... Oh ! je suis au supplice.

MARGUERITE.

Je vous fais compliment : vos vers sont beaux, Fabrice ;
Guillaume aussi voudra les savoir. — Le voilà.

Scène VII.

GUILLAUME, MARGUERITE, FABRICE.

GUILLAUME, *à Marguerite.*

Eh bien ! que fais-tu donc ? l'enfant est encor là ?

MARGUERITE.

Ne gronde pas ainsi : je vais le reconduire.

Désignant Fabrice.

Quels beaux vers il a faits ! dis lui de te les lire.

(Elle soulève l'enfant qui s'est endormi.)

GUILLAUME, *à Fabrice.*

Tes vers l'ont tellement enchanté, mon ami,
Que jamais de sa vie il n'a si bien dormi.
Je te laisse un instant.

(A Marguerite qui emporte l'enfant.)

              Tu sors ? reviens sans faute
Tenir, jusqu'au dîner, compagnie à notre hôte.
Les chiffres, le travail et mille autres soucis
M'ont tenu tout le jour à mon comptoir assis.
Je veux marcher un peu, pour stimuler la vie
Dans mon sang engourdi. — Oh ! que de fois j'envie
Le sort du laboureur par le soleil brûlé !

(Prenant son chapeau et son manteau.)

Rien qu'un souffle d'air pur sous le ciel étoilé,
Et je rentre.

Scéne VIII.

FABRICE, *seul.*

       O mon cœur, que ce secret te pèse !.....
Ah ! qu'un aveu complet te soulage et t'apaise.
Les vers que j'apportais ici tout triomphant,
Sont restés trop obscurs pour cette chaste enfant.

Puisqu'à de pareils coups la Muse nous expose,
Je vais me déclarer en claire et bonne prose.
Allons, Fabrice, allons ! conquiers ce cher trésor.
Voilà l'occasion qui se présente encor.
Je l'ai tant souhaitée !.... il faut que j'en profite,
Car si je la perdais, je perdrais Marguerite.
Son cœur naïf peut-être ignore encor l'amour,
Mais je l'aime... et je veux qu'elle m'aime à son tour.
Son frère ne peut pas me refuser, je pense.
Je fus souvent pour lui plus qu'une providence.
Qu'elle consente donc !... et j'obtiendrai sa main.

Scène VIIII.

MARGUERITE , FABRICE.

FABRICE.

Marguerite, avez-vous reconduit le gamin ?

MARGUERITE,

Oui ; je l'aurais gardé volontiers, mais je n'ose :
Guillaume n'aime pas les enfants.

FABRICE.

Et la cause ?

MARGUERITE.

La cause ? c'est qu'ils sont tyrans et tapageurs
Et que plus on est bon, et plus ils sont rageurs.

FABRICE.

Mais vous, n'en êtes-vous jamais incommodée ?

MARGUERITE.

Moi, Fabrice ? jamais. D'où vous vient cette idée ?
La femme, de l'enfance est l'ange gardien-né.
Vous me regardez bien d'un air tout étonné ?
Ne savez-vous donc pas que tout le jour je joue
Avec les enfants, moi ? que je couvre leur joue
De baisers, et les rends si souples et si doux
Qu'ils viennent s'endormir parfois sur mes genoux ?

FABRICE.

Quel heureux naturel !

MARGUERITE.

Aussi leur suis-je chère
Et me caressent-ils comme une tendre mère.....

C'est un plaisir pour moi de remplacer la leur.

(*Elle devient pensive.*)

FABRICE.

Ce nom semble éveiller en vous quelque douleur
A quoi pensez-vous donc ?

MARGUERITE.

A la mienne, Fabrice.

FABRICE.

C'est un souvenir saint qu'il faut que l'on chérisse ;
Mais je croyais aussi que ce titre charmant
Aurait fait naître en vous un plus doux sentiment.

MARGUERITE.

Oui, j'y rêve parfois.... mais je m'en distrais vite.

FABRICE.

N'avez-vous jamais rien souhaité, Marguerite ?

MARGUERITE.

Pourquoi ? que m'allez-vous demander ?

FABRICE.

Si j'osais,
Je vous dirais à quoi vous rêviez.

MARGUERITE.

Oh! je sais !.....
J'ai parfois de l'hymen caressé la pensée,
Mais je l'ai de mon sein constamment repoussée.
Quelque brillant que fût le destin qu'on m'offrit,
Je crains qu'en l'acceptant mon frère n'en souffrit.

FABRICE.

Je crois que son bonheur, enfant, naîtrait du vôtre.
Puis, si vous demeuriez à deux pas l'un de l'autre,
Serait-ce vous quitter ?

MARGUERITE.

Non, vous avez raison ;
Mais qui le soignerait ? qui tiendrait sa maison ?
Qui lui rendrait sa sœur ? Serait-ce une servante ?
Voila ce qui m'attriste et ce qui m'épouvante !

FABRICE.

Mais ne pourrait-il pas s'établir avec vous ?
Ne trouverait-il pas un frère en votre époux ?
Ne pourriez-vous à trois faire un heureux ménage,
Plus heureux que ne l'est le vôtre ?... allons courage.

Peut-être que Guillaume en serait bien content.
C'est le bonheur, peut-être... et vous hésitez tant !

MARGUERITE.

Vous me proposez-là, Fabrice, l'impossible.
Ce projet est superbe et j'y suis très sensible;
Mais, bien qu'il m'ait souvent séduite au dernier point,
Je n'y veux plus songer.

FABRICE.

Je ne vous comprends point.

MARGUERITE.

Tenez, voici comment se passe ma journée :
Je me lève dès l'aube et je fais ma tournée
Pour que, chez nous, tout soit en ordre avant le jour,
Ensuite, je descends à la cuisine, pour
Que le café soit prêt quand mon frère s'éveille.

FABRICE.

Oh ! mais vous entendez le ménage à merveille !

MARGUERITE.

Cela fait, je m'assieds et tricote des bas
Et je me donne un mal !... je vous le dis tout bas,
Car, s'il le soupçonnait, il enverrait peut-être
Aiguilles et coton à travers la fenêtre.
Puis je viens à son pied, — taquine que je suis, —
Essayer mon travail tant de fois que je puis,
Regardant si la jambe y passe avec aisance,
Si..... jusqu'à ce qu'enfin il perde patience.
Alors, je ris, il crie, et tout est en émoi !....
Ce que j'en fais n'est point pour les bas: c'est pour moi.
C'est pour qu'il me remarque au moins en quelque chose;
C'est pour donner le change à son humeur morose
Quand il reste au bureau trop longtemps attaché.
Plus il veut avoir l'air sérieux ou fâché,
Plus moi je le tourmente !... A la fin il m'embrasse
Et vient, en souriant, me demander sa grâce.

FABRICE.

Certe, il est bien heureux.

MARGUERITE.

Heureux lui? non, c'est moi.

Le bonheur de Guillaume est mon unique loi.

Dans tout ce que je fais c'est à lui que je pense
Et, quand j'atteins mon but, je tiens ma récompense.

FABRICE.

Et si vous agissiez ainsi pour un époux !
Que votre intérieur serait paisible et doux !
Oh ! quelle perspective !...

MARGUERITE.

Elle est fort séduisante.
Souvent, je vous l'ai dit, je me la représente.
Quand je suis seule, assise à coudre, à tricoter,
Sur ces beaux projets-là, je puis long m'en conter.
Mais lorsqu'au dénoûment j'arrive, tout m'arrête,
Et la réalité me fait battre en retraite.

FABRICE.

Mais la raison encor?

MARGUERITE.

La raison? la voici.
Parmi tous les garçons à marier ici,
En savez-vous un seul qui voulut d'une femme
Qui ne lui pourrait pas donner toute son âme?
Qui lui dirait : « Mon cœur vous aime par devoir,
Mais il n'est, il ne peut pas être en mon pouvoir
De vous chérir autant que je chéris mon frère,
Et je continûrai pour lui seul de tout faire
Ainsi que je l'ai fait toujours !... » Vous voyez bien,
Fabrice, qu'à cela vous ne répondez rien.

FABRICE

Vous lui feriez bientôt une part, Marguerite,
Et votre amour sur lui se reporterait vite.

MARGUERITE.

Voilà précisément l'obstacle : oui, si l'amour
Se versait d'une main dans l'autre chaque jour,
Comme on fait de l'argent; ou s'il changeait de maître
Comme un méchant commis que l'on ne sait où mettre.

FABRICE.

Mais cela vient tout seul avec le temps.

MARGUERITE.

Jamais.
Tout mon cœur à Guillaume est acquis désormais.

2

Oh ! quand il est assis à table, et que sa tête
Se penche sous le poids d'une douleur muette;
Lorsque dans ses pensers il reste enseveli,
Cherchant auprès de moi le repos et l'oubli :
Je passe quelquefois une heure tout entière
Sans quitter du regard cette âme tendre et fière.
Il lui faut cette paix du cœur et du cerveau.
Son dévoûment y puise un aliment nouveau ;
Je sais que c'est pour moi qu'il travaille et médite,
Et c'est tout, pour mon cœur.

FABRICE.

Oui, c'est tout, Marguerite.

Mais un époux aurait les mêmes soins pour vous.

MARGUERITE, poursuivant sa pensée.

Puis, vos moments d'humeur ! car vous en avez tous !
Je les supporte bien de la part de Guillaume,
Mais je ne pourrais pas subir ceux d'un autre homme.
Ils sont rares, les siens; cependant je les sens.
Lorsqu'il arrive, aigri par des soucis cuisants,
L'excès de sa douleur fait parfois qu'il repousse
Les soins d'une amitié dévouée et si douce.
Cela serait pour moi honteux et déchirant
De la part d'un mari. Lui, c'est tout différent :
L'impression ne dure en moi qu'une seconde.
Mais j'en souffre beaucoup... Pourtant si je le gronde,
C'est plus parce qu'il a dédaigné mon appui
Que parce que mon cœur souffre à cause de lui.

FABRICE.

Mais si quelqu'un passait par dessus ce caprice
Et vous offrait sa main ?

MARGUERITE.

Il n'en est point, Fabrice.

FABRICE, insinuant.

Vous croyez? qui sait !

MARGUERITE.

Non, vous dis-je, il n'en est point.

FABRICE, à genoux.

Eh bien, vous vous trompez, il vous arrive à point.

MARGUERITE.

Vous ?

FABRICE, *se relevant.*

Oui, moi! dois-je faire ici de longues phrases ?
Dois-je épancher en vous mon espoir, mes extases
Que ma timidité cachait moins chaque jour ?
Peut-être vous aviez deviné mon amour,
Car pour vous ma tendresse en mes yeux semble inscrite,
J'ose vous l'avouer aujourd'hui, Marguerite.
Ce n'est pas une aveugle et folle passion
Qui m'entraîne; j'agis avec réflexion.
Ma fortune et mon nom que je vous offre ensemble,
Sont à vous pour la vie !

MARGUERITE, *à part.*

O Dieu, comme je tremble !

FABRICE.

Je vous connais. Nos cœurs l'un de l'autre sont sûrs.
Vous ne pouvez songer à des liens plus purs.
Guillaume à notre hymen applaudira lui-même.
Ouvrez donc votre cœur à ce cœur qui vous aime
Ne me repoussez pas.....

MARGUERITE.

Fabrice.. . par pitié....
Donnez-moi du temps... j'ai pour vous de l'amitié.

FABRICE.

Dites que vous m'aimez. Je convaincrai Guillaume ;
Il deviendra le chef de notre gai royaume.
Nous nous réunirons tous deux pour le soigner.
Je suis riche et, d'un mot, je lui peux épargner
Bien des jours douloureux... il reprendra courage
Et nous serons heureux tous trois par votre ouvrage.

MARGUERITE.

Fabrice, en quelle angoisse, hélas ! me jetez-vous ?
Je n'ai jamais songé.....

FABRICE.

Je suis à vos genoux.
Consentez ?

MARGUERITE.

Je ne puis.....

FABRICE.

Faites qu'au moins j'espère.
Marguerite, un seul mot !

MARGUERITE.

Parlez-en à mon frère !

FABRICE, *avec explosion*.

Ange ! ma bien aimée !

MARGUERITE, *à part après un moment de silence*.

Ah ! qu'ai-je dit, grand Dieu !

Scène X.

FABRICE , *seul*.

Elle est à toi, Fabrice ! oh ! ma tête est en feu.
Oui, je puis bien permettre à cette enfant si chère
L'exclusive amitié qu'elle voue à son frère.
Lorsqu'une fois unis, nous nous connaîtrons bien,
Son cœur changera vite et lui n'y perdra rien.
Je suis ravi d'aimer et ravi que l'on m'aime.
Ce goût survit en nous à la jeunesse même.
Oui, nous demeurerons ensemble tous les trois.
Sans cet espoir, j'aurais réprimé bien des fois
Les labeurs où Guillaume a voulu se contraindre
Et les privations qu'il subit sans se plaindre.
Quand je serai l'époux de cet ange charmant,
Son sort s'adoucira de lui-même ; autrement
Avec ses éternels soucis et ses mystères,
Ses méditations, ses souvenirs austères,
Ses regrets du passé, le malheureux garçon
Verrait de son cerveau déloger la raison.
L'avenir de sa sœur. que cet hymen assure,
Et nos soins fraternels guériront sa blessure.
Merci, mon Dieu, merci. Tu fais qu'avec honneur,
Je rencontre à la fin l'amour... et le bonheur.

Scène XI.

FABRICE, GUILLAUME.

FABRICE.

Te voilà de retour ?

GUILLAUME.

Oui.

FABRICE.

Qu'as-tu ?

GUILLAUME.

L'air me pèse
Ce soir, et rien ne peut dissiper mon malaise.
Cette course, après tout, m'affecte étrangement.
Esclave tout le jour, je ne sors qu'au moment
Où le bruit du travail, qui distrait et captive,
Arrive moins sonore à l'oreille attentive ;
Où, fredonnant encor les refrains du chantier,
Le manœuvre poudreux regagne son quartier.
Seul, le pauvre artisan prolonge à la lumière
Le jour trop court.

FABRICE.

Chacun observe à sa manière.
Combien de promeneurs passent aux mêmes lieux
Sans voir l'artisan pauvre, et le maçon poudreux ?

GUILLAUME.

C'est possible, Fabrice, ils ignorent sans doute
Combien il est amer, que de sueurs il coûte
L'écu que, sou par sou, prélève l'artisan
Sur un salaire, hélas ! parfois insuffisant.
D'ailleurs, j'étais souffrant pendant ma promenade.
Je ne sais pas pourquoi ma tête est si malade ;
Elle est pleine de noirs pressentiments !... Et puis...

(Il devient rêveur.)

FABRICE, à part.

C'est singulier : sitôt qu'il est là, je ne puis
Avouer mon amour pour sa sœur, et je n'ose,
Tant je me sens ému, lui raconter la chose.
Il le faut bien, pourtant.

(Haut.)

Guillaume, écoute-moi.
Ta maison me paraît trop étroite pour toi,
Et ton loyer fort cher. N'aurais-tu pas en vue
Un autre quartier ?

GUILLAUME.

Non ; je les passe en revue
Tous, sans en trouver un où je puisse loger
Moins mal qu'ici.

FABRICE.

Je puis peut-être t'arranger.

Ma maison paternelle est à côté placée.
J'habite le premier : prends le rez-de-chaussée.
Je te donne la cour, deux magasins au fond,
La salle dont j'ai fait restaurer le plafond.....
Tu t'installes à l'aise avec tes marchandises.
Cela te sourit-il? je veux que tu le dises?
Je n'exige de toi qu'un très petit loyer,
Et ne te presserai jamais pour le payer.
C'est un marché de frère : accepte-le sans honte,
Puisque nous y trouvons tous les deux notre compte.

GUILLAUME.

Il est vrai, je ne puis me retourner ici
Et c'est là, bien des fois, mon plus cruel souci.
J'ai souvent convoité, chez toi, d'un œil avide
Ces magasins déserts et cette place vide ;
Cela, comme tu dis, pourrait bien m'arranger.
Mais... tu ne sais pas tout.... il n'y faut pas songer.

FABRICE.

Pourquoi?

GUILLAUME.

Si je m'allais marier, je suppose ?

FABRICE.

Je trouve très facile et très simple la chose :
Quand les appartements suffisent aux maris
Ils suffisent toujours à leurs femmes.

(Guillaume sourit.)

Tu ris ?

GUILLAUME.

Et ma sœur? que fais-tu, voyons, de Marguerite ?

FABRICE.

Elle prend un époux, mon cher ; elle t'imite ;
Ou bien, je la prendrai chez moi, dans ma maison.
Du reste, écoute-moi, tiens, un mot de raison.
Je te veux, à mon tour, ouvrir toute mon âme :
Je l'adore, ta sœur; donne-la moi pour femme ?

GUILLAUME.

Comment?

FABRICE.

Tout est à vous : ma fortune, mon nom
Et mon cœur; donne-moi ton consentement ?

GUILLAUME. *avec effort.*

Non.

Ta démarche, Fabrice, et m'honore et me touche,
Mais sur ce sujet-là, fermons tous deux la bouche.

FABRICE.

Oh! ne m'éconduis pas ainsi; j'aime ta sœur.
Elle et toi pouvez seuls me rendre le bonheur,
Et je veux.....

GUILLAUME, *interrompant.*

Sais-tu bien ce que tu veux ?

FABRICE.

Sans doute.

Je connais tout le prix de ce trésor..... Ecoute :
Nous vivrons tous les trois ensemble désormais ;
Nos cœurs n'en feront plus qu'un seul.

GUILLAUME, *sortant précipitamment de sa rêverie.*

Jamais, jamais !

FABRICE.

Qu'as-tu donc ? De l'horreur ? Sois calme, je t'en prie.
Il faut bien tôt ou tard que ta sœur se marie.
Pourquoi pas avec moi que tu connais si bien ,
Et qui te chéris tant ?........

(*Guillaume reste muet.*)

Tu ne me réponds rien ?

GUILLAUME.

Ah ! je suis hors de moi !

FABRICE.

Laisse-moi tout t'apprendre.
C'est de toi, de toi seul que mon sort va dépendre,
Ta sœur a de l'estime et de l'amour pour moi.
J'ai mis à ses genoux ma fortune et ma foi ;
Mais elle n'ose pas se donner elle-même,
Car elle t'aime encor bien plus qu'elle ne m'aime.
Tant mieux donc ! nous serons l'un de l'autre jaloux
Et personne n'aura plus de bonheur que nous.
Quelle union fut plus naturelle et plus douce ?
Et comment se peut-il que ton cœur la repousse ?
Consens à cet hymen !... dit qu'il te fait plaisir !
Ta sœur, tu le vois bien, ne peut pas mieux choisir.
Et d'ailleurs , sache tout, enfin : j'ai sa parole.

GUILLAUME.

Sa parole !

FABRICE.

Oui, Guillaume.

GUILLAUME, *avec amertume*.

Enfant ingrate et folle !

FABRICE.

Elle me l'a jetée en un regard d'adieu
Qui m'a rendu plus fier et plus heureux qu'un dieu.
Oh ! son tendre embarras et sa rougeur brûlante,
Sa voix, sa volonté troublée et chancelante :
Je ne puis t'exprimer ces bienheureux moments.
C'était trop de bonheur pour moi.

GUILLAUME, *avec force*.

Tu mens, tu mens !

FABRICE.

Guillaume, mon ami, je ne puis te comprendre.
Qu'est-ce qu'à cet hymen tu trouves à reprendre ?
Qu'as-tu donc contre moi ?... Ton cœur a beau chercher,
Il ne trouvera rien, rien à me reprocher.
Couronne de tes mains notre amitié fidèle,
Dis-moi que tu consens !....

GUILLAUME.

Elle ! tu la veux, elle ?

FABRICE.

Oui, frère ; elle le sait !....

GUILLAUME.

Et que t'a-t-elle dit ?

FABRICE.

De t'en parler....

GUILLAUME, *avec impétuosité*.

Va-t-en, va-t-en ; je suis maudit !
Ah ! je le prévoyais ! je le sentais dans l'âme !

FABRICE.

Mais dis-moi seulement.........

GUILLAUME.

Eh ! que dire ?... l'infâme !
Tout s'explique !... Voilà l'orage qui pesait
Sur ma poitrine en feu, ce soir, et m'écrasait !
Qu'ai-je donc fait à Dieu dont la main me foudroie ?

(Fabrice le regarde en silence.)

Ah! prends-la, prends-la donc ; c'est mon bien, c'est ma joie,
Mon unique, mon tout !.... mais saches à ton tour
Quel désespoir sans fin me lègue ton amour.

(Pause. Il se recueille.)

Je t'ai souvent parlé de Charlotte, de l'ange
Qui mourut dans mes bras. Je t'ai dit qu'en échange
De ce que je perdais en elle, il me resta
Sa fille, un ange aussi ! que la mort emporta.
Eh bien ! que ce secret, enfin, de mon cœur sorte !
Je t'ai toujours trompé. Sa fille n'est pas morte ;
Marguerite n'est pas ma sœur !

FABRICE, *confondu*.

Que dis-tu là ?

GUILLAUME, *avec accablement*.

La vérité.

FABRICE.

Pouvais-je, hélas ! prévoir cela ?

GUILLAUME.

Il est des cris du cœur qu'il faut toujours qu'on suive.
J'aurais dû de ta part craindre ce qui m'arrive
Et te fermer mon chaste intérieur, ainsi
Que je l'ai fait pour tous, lorsque je vins ici.
J'eus tort. Je t'admis seul dans ce doux sanctuaire ;
Et par ton amitié, que je croyais sincère,
Par des secours adroits que tu sus me fournir,
Ton cœur, sur ses desseins, parvint à m'endormir.
Tandis que je gardais, tremblant, vis-à-vis d'elle,
L'apparente froideur d'une âme fraternelle,
Je te crus pour ma sœur un pareil sentiment.
Chaque fois qu'il me vint un soupçon alarmant,
Comme indigne de moi je le chassai bien vite ;
Et je mis les bontés, pour toi, de Marguerite
Sur le compte d'un cœur aussi pur que le jour
Qui, sur le monde entier épanche son amour.
Je recueille le prix de cette candeur d'âme.
Honte à vous ! vous jouiez tous deux un rôle infâme !

FABRICE.

Je ne puis écouter rien de plus en ce lieu,
Et je n'ai rien non plus à te répondre... Adieu.

(Il sort)

Scène XII.

GUILLAUME, *seul.*

Oui, pars.... vas savourer son amour qui t'enivre.
Moi, je suis fatigué de tout.... même de vivre !
Tous mes plans d'avenir, si longtemps médités,
Les voilà d'un seul coup dans l'abîme emportés,
Et je sens sous mes pieds crouler ce pont magique
Qui fait qu'avec les cieux l'homme heureux communique.
Je suis anéanti !... le traître ! et c'est par lui !
Il m'en coûte d'avoir accepté son appui.
Comment me vengerai-je ? .. O Guillaume ! Guillaume !
Ta voix injustement accuse un honnête homme !
Fabrice est un grand cœur : ce qu'il a fait ici,
A sa place, chez lui, je l'eusse fait aussi.
Il aime Marguerite, et Marguerite l'aime :
Quoi de plus naturel ?... Mais le divin poème
Qui chantait dans mon sein à son bonheur voué,
Devait-il, sort cruel ! être ainsi dénoué ?
Chère enfant ! ce secret que j'ai voulu lui taire
Fait qu'en moi, de tout temps, elle n'a vu qu'un frère.
Le ciel m'en punit trop, je perds tout en un jour :
Ma dernière espérance et mon unique amour,
Le but de tous mes soins !.... Ah ! j'en mourrai peut-être.
Cela ne sera pas ! cela ne peut pas être !.... .

Scène XIII.

GUILLAUME , MARGUERITE.

MARGUERITE, *s'approchant avec embarras.*
Mon frère !...

GUILLAUME.
Ah !. .

MARGUERITE.
Mon ami, vous êtes offensé.
Il faut me pardonner tout ce qui s'est passé.
Voyez, je m'en repens ; j'ai fait une sottise.
Frère, j'en suis malade et tout mon cœur se brise.

GUILLAUME, *se recueillant*
Qu'avez-vous, mon enfant ?

MARGUERITE.

Mon Dieu ! que je voudrais
Pouvoir vous exprimer sa joie… et mes regrets!
Il était si content, moi j'étais si confuse!
Bref, il veut m'épouser.

GUILLAUME.

Et vous ?….

MARGUERITE.

Moi ? je refuse.

GUILLAUME, avec véhémence.

Comment, vous refusez ? vous avez consenti!
Oser mentir ! à moi !…

MARGUERITE, digne et calme.

Je n'ai jamais menti.
Mais j'ai dit à Fabrice un mot que je regrette.
Vous détournez de moi votre oreille distraite !….
Si je ne vous devais sans retard ces aveux,
Je fuirais volontiers vos regards, mais je veux,
Je veux que vous sachiez et qu'il sache lui-même
Que je ne l'aime pas, que c'est vous seul que j'aime,
Et qu'eût-il l'univers tout entier à m'offrir,
Je ne veux pas de lui.

GUILLAUME, à part, fondant en pleurs.

Mon Dieu ! c'est trop souffrir !

MARGUERITE.

Vous me croyez coupable ! ah ! daignez donc m'entendre.
Il me parlait si vite et d'une voix si tendre,
Il me pressait si fort et mon cœur battait tant
Qu'il m'a bien pu surprendre et convaincre un instant.
J'ai dit étourdiment : « Parlez-en à mon frère. »
Mais mon cœur tout à coup m'a crié le contraire,
Et ce cœur, dont j'ai fait un sévère examen,
Autant qu'il vous chérit repousse cet hymen.

GUILLAUME.

Mais lui! que dira-t-il ?

MARGUERITE.

Frère, je vous supplie,
Par la tendresse immense et sainte qui nous lie :
Arrangez cette affaire, ayez pitié de moi !

GUILLAUME.

Mais Fabrice! Fabrice !

MARGUERITE.

Il comprendra pourquoi !

Dites-lui que jamais je ne serai sa femme
Puisque c'est à vous seul que j'ai voué mon âme.
J'avais enseveli dans moi ce sentiment,
Mais vos pleurs l'en ont fait sortir violemment.
Vous savez tout enfin !...

GUILLAUME.

Dieu ! que viens-je d'entendre ?

MARGUERITE.

Ce que j'ai ressenti, nul ne saurait le rendre.
Il était à genoux et, tandis qu'il parlait,
Une sorte de fièvre ardente me brûlait,
Et j'ai cru, tant j'étais ivre, folle, étourdie,
Entendre autour de moi gronder un incendie.
Comment donc à ce point ai-je pu me tromper ?
Il semble qu'un malheur soit prêt à me frapper.
Ne m'abandonnez pas, mon frère !

GUILLAUME.

Marguerite !

MARGUERITE.

Frère, en vous seul mon cœur se confie et s'abrite.

GUILLAUME.

Nous ne pourrons, pourtant, vivre toujours ainsi ·
Tu te mariras bien, un jour ?

MARGUERITE.

Mais non !

GUILLAUME.

Mais si !

MARGUERITE.

Mais non, je ne veux pas vous laisser seul, mon frère.
Voila précisément ce qui me désespère.
Je connais deux vieillards, frère et sœur comme nous,
Plus heureux qu'ici-bas ne le sont deux époux.
Ils sont aux petits soins sans cesse, l'un pour l'autre.
Eh bien ! j'ai comparé souvent leur sort au nôtre
Et toujours je leur dis : « quoique infirmes et vieux,
Vous ne vous quittez pas, vous êtes bien heureux ! »

GUILLAUME, *se contenant, à part.*

Mon Dieu, je suis brisé jusqu'au fond de mon âme !

MARGUERITE.

Hélas ! c'est vous plutôt qui prendrez une femme,
Et, bien que de l'aimer tout me fasse un devoir,
Je sens qu'avec plaisir je ne pourrai la voir.
Ah ! quel que soit l'amour que vous trouviez près d'elle,
Vaudra-t-il d'une sœur le dévoûment fidèle ?
Non, vous ne saviez pas combien je vous aimais.
Maintenant, mon ami, ne l'oubliez jamais.
Vous l'eussiez su plus tôt, si votre caractère
Grave et triste, ne m'eût condamnée à me taire ;
Mais le ciel qu'aujourd'hui je ne puis trop louer,
M'a délié la langue et fait tout avouer.

GUILLAUME, *hors de lui.*

Assez ! assez !

(*A part.*)

Mon Dieu, je bénis votre ouvrage !....

MARGUERITE.

Non, je mets à profit cette heure de courage,
Et je veux tout vous dire, afin qu'à l'avenir
Mon regard vous console avec ce souvenir.
Vous le savez : depuis la mort de notre mère,
Vous seul avez été mon appui sur la terre.
Eh bien, je vous chéris encore plus *pour vous*
Que pour votre tendresse et pour vos soins si doux.
Vous remplissez si bien ce cœur que je vous donne,
Qu'il n'y peut plus rester de place pour personne.
Ecoutez : quand le soir, assis au coin du feu,
Nous lisons des romans.....

GUILLAUME, *à part.*

Nous y voici, mon Dieu !

MARGUERITE.

Toujours je vous compare aux héros beaux et braves,
Chantant à la beauté des poëmes suaves,
Chevauchant sur les monts, parés comme des rois,
Ne vivant que d'amour, de guerre ou de tournois.
Tandis que vous lisez, paisible auprès de l'âtre,
Je vous vois à cheval galoper et combattre :

Je vous vois disperser, éperdus, haletants,
Dans l'horreur de la nuit les pâles combattants !

(*Elle rit.*)

GUILLAUME, *l'interrompant.*

Qu'as-tu donc aujourd'hui, Marguerite ?

MARGUERITE.

En revanche,
Lorsqu'une châtelaine aimable, belle et blanche,
De ses bras amoureux entoure un noble amant ;
Lorsque, pour couronner le drame, au dénoûment,
L'étoile de l'hymen sur l'heureux couple brille....
Je ne suis qu'une simple et pauvre jeune fille,
Eh bien ! c'est toujours moi qu'en elle je crois voir !

GUILLAUME, *à part.*

Soutiens-moi, Dieu du ciel ! Tu combles mon espoir ;
Depuis plus de dix ans mon rêve le caresse,
Mais j'épuise en ce jour la coupe de l'ivresse.

MARGUERITE, *continuant.*

Les livres qui le plus me révoltent, sont ceux
Où deux cœurs, l'un de l'autre ardemment amoureux,
Après bien des malheurs, après bien des souffrances,
Voient crouler tout à coup leurs chères espérances
Et découvrent entre eux, d'un œil épouvanté,
Quelque lien du sang.... quelque fraternité !....
Combien je pleure et plains leur destinée affreuse !

(*Sanglottant.*)

Ah ! je les brûlerais, tant je suis malheureuse !

GUILLAUME, *éperdu.*

Laisse-moi, laisse-moi ! J'ai besoin d'être seul !

MARGUERITE.

Ah ! mon Dieu !... vous voilà pâle comme un linceul.
Vous souffrez ?... Non jamais, jamais je ne vous quitte,
Je veux vivre avec vous, toujours !....

GUILLAUME, *lui tendant les bras.*

Ma Marguerite !....

Scène XIV.

FABRICE, MARGUERITE, GUILLAUME.

MARGUERITE.

Ah! Fabrice, écoutez : vous venez à propos.
Ma conscience aspire à se mettre en repos.
Je ne vous ai rien dit, rien promis tout à l'heure.
J'en souffre autant que vous : voyez comme j'en pleure?
Pardonnez-moi; restez notre ami désormais.
Quant à moi, devenir votre femme... jamais !

FABRICE, *avec amertume.*

Je pressentais ce coup ; il est cruel, Guillaume.
Vous vous êtes joué du cœur d'un honnête homme ;
Vous l'avez emporté sur moi. Le mal est fait.
J'aurais dû contenir l'aveu qui m'étouffait.
Mais vous n'auriez pas dû vous servir de moi-même
Pour me ravir le cœur de la femme que j'aime.

GUILLAUME.

Ah ! ne m'outrage pas, Fabrice, en ce moment.
Dieu n'avait pas pour toi taillé ce diamant.
Regarde ?... Elle est à moi sans rien savoir encore.

FABRICE , *ironiquement*

Elle ne sait rien.

GUILLAUME, *avec force.*

Non !

MARGUERITE.

Qu'est-ce donc que j'ignore ?

GUILLAUME, *à Fabrice.*

Crois-tu qu'on peut mentir en un pareil moment ?

FABRICE.

Pardonne-moi, Guillaume, et sois heureux.

MARGUERITE.

Comment ?
Qu'avez-vous tous les deux... et quel est ce mystère ?
(*Guillaume, muet d'émotion, l'embrasse avec
force, sans répondre.*)
Guillaume, quel baiser !... est-ce un baiser de frère ?

GUILLAUME.

C'est un baiser d'amant, c'est un baiser d'époux !

MARGUERITE.

Mais alors....

FABRICE.

Jouissez de ces instants si doux.

Le bonheur que je perds est devenu le vôtre.

Vous vous aimiez, et Dieu vous devait l'un à l'autre.

Savourez ce bonheur qu'il vous donne aujourd'hui :

Nul ne peut l'accorder deux fois, pas même lui !

MARGUERITE.

Ah ! ne m'éveillez pas, Seigneur, si c'est un rêve.

GUILLAUME.

Non, ce n'est pas un songe, ô mon amante !

FABRICE.

Achève,

Dis-lui donc tout.

GUILLAUME.

Charlotte à qui tu dois le jour,

Et qui te confia si jeune à mon amour,

MARGUERITE, *haletante.*

Eh bien ?...

GUILLAUME.

Mon Dieu ! la joie inonde trop mon âme !

(*Avec éclat et s'agenouillant devant Marguerite.*)

Je ne suis pas ton frère !...

MARGUERITE, *le relevant.*

.....Alors je suis ta femme !

FIN.

www.ingramcontent.com/pod-product-compliance
Lightning Source LLC
Chambersburg PA
CBHW060853180626
46818CB00004B/1689